永久《とこしえ》のラヴ・レター

佐藤 建

東京図書出版

あなたは　永久《とこしえ》に愛され
沢山の思い出とともに
私の心の中に生き続ける

さとう　たつる

初めに

人は誰でも、生まれて、生きて、そしていつか必ず死んでいく存在です。今、この文章を綴っている私も全く同様です。いつか必ず同じように死んでいくひとりの人間です。しかし、この世に生まれ、成人し、出逢い、そして結婚して共に人生を歩んできた配偶者に先立たれた時の悲しさ、辛さ、寂しさ、孤独感は尋常ではありません。恐らくその気持ちは、実際に体験したことがなければ、本当のところはなかなか理解し難いのではないかと思います。

初めて出逢ってから、間もなく60年になる２０２３年4月14日の午前10時、あなたは鬱血性心不全で亡くなりました。あなたは、心が温かく、美しい眼差しの女性でした。そして、自分が使ってこれは良いと感じると、すぐにそれを他の人にもあげたいと考える心優しい性格の女性でした。そんなあなたの姿を身近で観ていると、宮澤賢治の有名な詩『雨ニモマケズ』の中の〝自分を勘定に入れずに〟という語句がすぐに思い起こされました。

あなたと私は、１９６６年12月25日のクリスマスの日に結婚しましたが、私の脳裏には沢山の懐かしい思い出が詰まっています。嫌な思い出は何ひとつありません。これは私だけではなく、あなたと接した人たちも皆、同じであると思います。あなたは、いつでも、誰に対しても、思いやりの心で温かく優しく接する素晴らしい女性でした。

毎朝、歯磨きと洗顔のために洗面室へ行きますが、その時、壁に掛けてある月ごとのカレンダーの今日の日にちの下に青色のサインペンで書いてある数字を視ます。それはあなたが亡くなってから今日は何日になるかを表している数字ですが、それを視ることからその日の私の活動が始まります。あなたは、自分が亡くなったことを通して、二つの大切なことを私に教えてくれました。そのひとつは、人の命には限りがあり、誰ひとりとして例外なく、いつかは必ず亡くなるという厳然たる事実を改めて私に認識させてくれたことです。そして、もうひとつは、いつも自分の身近で人生を共に歩んでくれた大切な人が亡くなった時、非常に深く大きな辛さ、悲しさ、寂しさ、孤独感を、遺された人間は味わうということです。このことについては、ご主人を数年前に亡くされたあなたの昔からの友人女性に、「これから、ますます寂しくなりますよ」とアドバイスされましたが、全くその通りです。一日一日と日が経つにつれ、悲しさ、辛さ、寂しさ、孤独な気持ちはますます増していますが、同時に、日にちが経つにつれ、あなたは非常に素晴らしい女性だったと日々ますます強く実感しています。

そんなことを思いながらあなたの面影を偲び、あなたに対する私の尽きせぬ感謝の気持ちをここに捧げます。

永久のラヴ・レター◆目次

出逢いから結婚するまで

あなたと出逢ったことは、人生を生きていく上で大切な幾つものことを私に授けてくれたように思います。それは、あなたとの出逢いが縁となって生まれましたから、あなたと出逢えたことそれ自体が天から授かった恵みであったように思います。もしあなたと出逢えなかったならば、間違いなく私の人生は薄っぺらで中身の陳腐な平凡なものになっていたに違いありません。あなたと出逢えて本当に良かったと思います。

あなたと初めて逢ったのは昭和38年、西暦1963年の10月、東京・小平市の姉宅でのことでした。当時の私は大学3年生で、大学入学を機に生まれ育った故郷を離れて上京し、二年半が過ぎた頃でした。その前年の夏、私はひとりで北海道一周旅行をしましたが、途中立ち寄った阿寒湖畔の観光店で、眉目秀麗なひとりのアイヌの少女の姿を眼にしたことがあり、美しい女性のことをアイヌ語でピリカメノコと言うということをその時に知り、脳裏にしっかりと刻み込んでいました。そんな時、私の人生の最愛の伴侶となるあなたと出逢ったのでした。あなたと初めて逢った時、私の眼の前にはまさにピリカメノコのような美しい女性が現れたと感じましたが、緊張のあまり多くは会話することができませんでした。そして、その帰り道です。乗るバスのお客は少なく座席も空いていたのですが、意識し過ぎと緊張し過ぎのため、私はあなたと並んで座ることができず、不自然にも通路を隔てた向かい側の座席に座ってしまいました。するとあなたは、私に向かって、「私の隣に座ったら」とやさしく言ってくれたのでした。

以上が、私が初めてあなたと逢った時の思い出の記憶ですが、私は出逢ったその瞬間に、この人は絶対に自分の人生の伴侶にすべき女性であると運命のように感じたのでした。その後再び一、二度は逢ったと思いますが、初めて逢った翌年2月、あなた宛ての初めての手紙を送りました。それから3年余りの間に全部で31通の手紙をあなた宛てに書きましたが、あなたが青春の思い出の宝物としてそれを大事に保管しておいてくれたお陰で、今も全部残っています。初めてあなたに送った手紙は、葉書3枚に文字をびっしり書き込んだものでした。当時、郵便料は封書が一通10円、葉書は一枚5円でした。そのため、葉書3枚は15円で封書より5円郵便料が高くつきました。あなたにはよく、「封書より郵便料が高い3枚続きの葉書の手紙をもらったのは、私の人生でそれが初めてでした」と言われましたが、その言葉は、大変懐かしい思い出の言葉として私の耳に今もはっきり残っています。

あなたに宛てて一生懸命に書き上げた31通の手紙は、どれもこれも自分らしい内容だと思いますが、その幾つかを懐かしさを込めてこれから載せてみます。一番初めの手紙は、あなたが「この手紙が一番好き」とよく言っていました1964年11月4日付の手紙です。

寒い晩秋だ。告げられて初めて残り少ない学生生活を思う。学園祭も過ぎた。現実っていう悪魔の奴がすぐに俺の後にひたひたと押し寄せる。「可能性は素晴らしい。だが、現実ってのは寂しいもんだね」とゼミの教授がつぶやく。それで俺は苦笑い。人生で、言葉少なに通じ合える唯一の感情であるかも知れぬ。フランスかアルジェリアに行きたい。以前見たジャン・ギャバンの〝望郷〟(ペペル・モコ)の別れのシーンが俺の瞼にしみ込んで離れぬ。そしてフランスのシャンソン、ヴェルレーヌの詩。日本では立原道造しかおりはせぬ。ふとギターの音色に心の琴線が触れ合う。故郷に帰ることになった。自動車の免許だ。故郷で取得すれば生活費が浮く。だが、これも現実。東京の生活とも暫くおさらばだ。あの津軽の海で流した涙の、言い知れぬ悲しみを想い出す。〝サヨナラ〟の一語だけがその悲しみを表現するに足る。

我が夢は車に乗せて天駆ける
　浮世の颪の吹かぬ雲間に

　これから犬吠に立ち寄る。犬吠の荒波が、若き二人の天才詩人の可能性をもろともに飲み尽くしてしまったという悲しい現実が、無性に俺の心を揺さぶる。俺自身にはとてもとてもそんな詩心はないが、多感な青年の一人として、今は言い伝えに等しいこの二つの悲しい御魂に心からの花束をひとつ手向けよう。追憶せる晩に。

〈注〉この手紙文の中の「若き二人の天才詩人」とは、今はすっかり忘れられてしまっていますが、銚子の犬吠埼の君ヶ浜海岸で遊泳中に28歳で溺死した三富朽葉と今井舶用という明治22年生まれの二人の詩人のことです。

　次は、1965年1月31日付の手紙ですが、これはあなたが札幌の雪祭りに出かけると聞いて、札幌に着いたら是非とも読んで欲しいと言って手渡した長い文章の手紙です。
　これは創作ではない。あなたに私を理解していただくために、そして口ではなかなかはっきりと自分を表現できない私自身のために、私の好きな書くことによって私を言い表したものである。私はこれだけのことはあなたに知っておいていただきたいと思う。

私が初めてあなたとお会いした時（それは確か一昨年の十月だったと記憶している）のことから始めよう。

私は初めて会ったときにこう感じた。〝許せる〟って。それはつまり、私の求めていた世界があなたの中に広がっていたからだ。そして、それと同時に、私は運命の予感みたいなものを感じないではいられなかった。これで私の方向が決定したと感じたのだ。

しかし、私にとってあなたはまるで雲のように高い存在だった。私の手がどうしても届きそうにない位置にあなたは存在していた。しかし私にはあきらめる術はなかった。そこで私は共通の知り合いのあの人にお願いして、クリスマスパーティーにあなたを招いてもらったのだ。そしてそれから二ヶ月もの間、私はますます内的な充実を目指した。何故なら、それなくしては、あなたは私にとってとても得難い存在に思えてならなかったから。この期間が終わり、初めて私はあなたに手紙を差し上げた。それは私にとっては一大決心を要する大きな賭けだった。私は必ずあなたからの返事が来るものと思ってはいたが、二週間経っても返事は来なかった。その時のやりきれなさは今でも私の記憶に生々しい。だが、ついにあなたからの手紙が来た。その十七行あまりの絵葉書が私に与えてくれた大きな喜び、それに私は涙と共に感謝した。私はそれを繰り返して何度も読んだ。

私は一歩前進した。いよいよ就職試験のシーズンだった。私はあなたに自動車を是非とも差し上げたいと思った。又、自動車という産業界を通じて私は私なりの流儀で社会に貢献したいと思った。そこで私は自動車会社を志望した。

希望通りに就職も決まると、もう夏休みだった。周囲の誰もが、自動車の運転をこの期間に習うようにと私にすすめた。だが、私はとてもその気になれなかった。

夏休みが終わり、初めてあなたとお会いした時、私はあなたが以前よりも遠く私から離れてしまったと感じた。約二ヶ月ものブランク。そこで私はそれを取り戻そうと思った。そして十一月の学園祭。それが終わったら、忙しいあなたとは当分会えないのだからと、故郷に戻って自動車の運転を習う決心をしていた。だが、そんなことは学園祭の時に少しも口に出すことはできなかった。それが私の性格なのだ。ただ一つ、その晩、駅前で別れる時に口にした〃サヨウナラ〃の言葉だけが私の言うことのできる全てだった。その晩、私は一人飲んで酔い痴れた。そして私は、例の『寒い晩秋だ』から始まる手紙を書いた。それは、私のあなたに対する全ての思いを込めたものだった。

帰郷する私の心は言いようのない寂しさで一杯だった。何か恐怖に出会った様に心は震えた。そしてただ東京の街景色だけが、それまでに見たこともない美しさで私に迫った。それからひと月の間、私には、ゼミに出て来る度、ヒヤシンスの球根の水を取り替えることだけが一つ残された慰めごとだった。

私は教習所の検定試験に合格すると、直ちに上京した。何故なら、会うことは出来なくとも、同じ東京にいるというだけの事実が、きっと私の気持ちを紛らわせてくれるに違いないと思ったから。そして、十一日のあなたの研究授業が終わる翌々日にはきっと会えると思った。そして私の予感は当たった。あなたは本当にやって来た。十二月、それは素晴らしい月だった。何故なら、あなたと、三度も一緒にひと時を過ごすことが出来たのだから。

しかし、その頃すでに私は、「私には、あなたか、それとも虚無か、そのどちらか一つしか選べない」と考えていた。私が、「俺は裏町にでも住むさ、それが俺の好きなところだ」と言う時も、それはあなたを失うようなことになったら、私には最早、そうした生き方しか出来ないという意味だったのだ。

私は真剣に悩み、考えた。もし私が本気で、「俺には、あなたか、それともこのまま異国の土と化してしまうか、そのいずれしか考えられないのだ」と言ったら、あなたは私の気持ちに応えてくれるのだろうか。それでもやはり駄目だろうか。いや、せめて一粒の涙でもこぼしてくれるだろうかって。これが分別のない、我が儘な大人気ない考え方であることは私には十分わかっていながらも、ただあなたを失ってしまったら、私には純粋な人間らしさが失われてしまうであろうことが簡単に想像できたのだ。

それからのことは何も言うまい。私の卒論はあなたに捧げるものであることだ。卒論というものが半永久的に保存され、折につけ今後の私の人生と対照されて見られるものだということは十分知っている。だが、どうしてもこの私の卒論はあなたに捧げたかった。そして実際、私はそうした。それが私の性格であり、又、私はあなたのことだけで胸が一杯だ。最後に、現在の私の気持ちをはっきりとここに示そう。言葉よりも、消えることのない文字として。

『私はいつまでもあなたを理解し、大切にしたい。そして、あなたの胸の奥に灯っている素敵な優しい夢と、あなたの住んでいる美しい心の花園をいつまでも大切に守っていってあげたい』

私には、あなたの内に秘めた女性らしさがすでに十分わかっている。それだけにいよいよ私はどうしてもあなたを失いたくない。だが同時に、私はあなたを一人の、生きている人間としても理解したい。

だから、あなたが私と私の気持ちをどうしても受け容れられないとしても、私はそれを分別ある一人の男として涙と共にあきらめよう。あなたの人生や幸せは、私がどこまでも強要して良いものではないのだから。それはやはり、あなた自身が選ぶことなのだから。私についていては決して同情することはない。私がその先どうなるだろうかってことは。やはり私はさみしさに耐えていくだろう。そしてそうなっても、私はあなたに『幸福』のクチナシの花を投げかけるだろう。それ以上のことを望むとしたら、それは私の我が儘でしかないのだから。

私はこれでもう十分に私自身を述べたつもりだ。これによってあなたが私のことをどのように理解し、どのように判断するか、それは私にはわからない。ただこれだけのことはどうしても知っておいて欲しかった。あなたの下さったお花も、じきに咲きそうだ。きっと試験勉強中の私の眼の前に美しい姿を見せてくれるだろう。私はその日が早く来ないかと毎日にらめっこして心から待ち望んでいる。
これは非売品だ。これはあなただけにしか見せない。同じ文章はあと一つ、ただ私の胸の中の玉手箱にそっとしまってあるものだけ。

『誰が見ても　われをなつかしくなるごとき　長き手紙を書きたき夕べ』

（石川啄木歌集より）

そして三つ目は、1965年5月6日付の手紙です。新社会人としてひと月前に自動車会社に入社し、新入社員研修で工場実習を行っていた時に書いた手紙です。

思うこと。私はただあなたを、君だけを待ち望む。私のもとにすっかり飛び込んで来てくれる時だけを。ほら、それは小川だ。流れが少し急だから、あなたにはとても深そうに見える。でも、せいぜい膝ほどの深さしかない。それに、よく見てごらん。水辺にはおたまじゃくしだって、何かおどけて泳いでいるじゃないか。
あなたはそれを一足跳びできないって何度も叫ぶ。手前で立ち止まって行ったり来たり。それにともすると、そこを渡らなくたって十分だって考える。でも、そこを越さなければ、あの山の頂から素敵な大自然の神秘さを眺めることは出来ないんだ。

私は、もうさっきから思いっ切り両腕を差し伸べている。それでもあなたは怖いって言う。ほら、私は水に浸かった。見てごらん。深くはないだろう。さあ、早く私の腕の中に。あなたが眼をつむっている間に、私はあなたを抱き上げて、ちゃんと渡らせてあげる。そして、しっかりと君の両足を大地におろしてあげる。

私の腕力は、あなたを抱きあげたって、決してびくつきはしない。そんななよなよしたものじゃない。だから、あなたは私を信じて、ただ私の腕の中にすっかり身を任せてくれさえすれば良いんだ。私だけが一人でこの小川を渡ったってどうしようもない。山の頂は、あなたと私と二人で目指すものだから。

スミレの花束、そして君の面影、その二つをしっかりと抱きしめながら、寮に立ち戻った。あの水栽培の花瓶を私はちゃんと大切にここまで持って来ておいたのだから。咲き乱れるスミレの花束をすぐにそれに挿す。その脇に君の写真。微笑みを浮かべているあなたの姿。もう一ヶ月もそうして私を見守っている。だから、私も時々、あなたをじっと見つめ返す。そして私には、夢と闘志が溢れる。決して誰にも渡すまい。あなたを。君を。そう何度もつぶやく。そして、ただひたすら祈る。

今日、工場で五十を過ぎた、善良そうな現業社員に相談を持ちかけられる。高校三年生になる息子が相談もせずに進学を希望している。出来たら、本人の希望通りにさせたい。でもこんな毎日の生活では、とても学資など出してやれない。私大は高いし、どうしたらいいんでしょうって。

その人は周囲の耳をはばかるように小声で話しかける。善良そうなその眼差し。一応その人のうなずくような回答をしたが、それだって実際にはどんなものか。煎じ詰めれば、他人行儀みたいな回答だ。そのもどかしさ、そして悲しさ。一人になると、私は目頭の熱くなるのを覚えて、ただ無茶苦茶に機械に全身をぶつける。でも今の私には、それ以上何もしてやれないのだ。それが実に悲しく苦しい。

それではお元気で。再会できる時と、あなたからのお便りを心待ちにしながら、五月の末まで毎日誠実に生きていくつもりです。時に不平を鳴らしても、それを額面通りにお取りにならないように。スミレの花。それは麗しい。お休みなさい。

そして四つ目です。前年の10月末にはまだ、「来年3月でなく12月まで待っていただければ結婚を前提にお付き合いします。でも、その間にあなたにふさわしい人が現れましたらお譲りします。私はあなたが考えている程、価値のある人間ではありません。やはりあなたに相応しい人を探す方が先決のような気もいたします」と書いた手紙を私に寄こすなどの気持ちの揺れ動きが残っていましたが、この1966年7月26日付の手紙の5ヶ月後の12月25日に私たちは結婚式を挙げました。

私はいつもあなたに傍にいて欲しいと思う。二人の間には、他人行儀なよそよそしさなどはひとかけらも置きたくないと思う。お互いに本当に良く知り尽くして、そしていつまでも信じ合える二人でありたいと思う。誰よりも絆の強い二人でありたい。

このまま永久に別れることもなく、そしていつか、私の心が決して一時の迷いや気紛れでないことをあなたが信じてくれる時が来たら、全てを捨てて私の腕の中に飛び込んで来てもらいたいと思う。そして、その時を夢見る私のことを決して負担に思わないで欲しい。

今の私は、もしあなたと別れてしまうことになったら……。誠実に生きていく自信は全くない。私の行く道は全て虚偽でつくられ、自己嫌悪で性根はすっかり腐ってしまうだろう。私はやはり、あなたと永久に続く強い絆を持ち続けたい。無理矢理それを断ち切って私を疲れさしてしまって欲しくない。私は、あなたが私を信じて飛び込んで来てくれる時まで、何年でも待ち続けるつもりでいる。

若い頃、一生懸命に書き綴ってあなたに送った手紙4通を載せてみました。当時は若かった私も今はもう歳を取って若くはありません。それでも、当時のことを思い出し、興味深く読み返しました。そして、感じました。どの手紙も、読み始めますと懐かしい思い出が次々と蘇ってきます。まさにこの手紙は二度と帰り来ない若さ溢れた青春時代の貴重な宝物です。また、この手紙の中に書いてありますあなたに対する想いは、それからもずっと変わりませんでした。

こうして、初めて逢った日から4ヶ月ばかり経った1964年2月から始まった手紙は全部で31通を数えましたが、あなたとの初めてのデートは1964年4月26日の日曜日のことでした。それは、東京の上野公園の西洋美術館で開催中の「ミロのビーナス展」を観ようということでした。展示されている作品は、ミロのビーナスの彫刻一点のみということでしたが、一日当たり入場者数は西洋美術館の展覧会史上一位の2万1874名を数えたということです。また会期中の総入場者数は実に83万1198名に達し、非常な大々盛況でした。そんな状況でしたので、入場するには超長時間並ばなければなりませんでしたから、「ミロのビーナスの人気は物凄いね」などと互いに言いながら入場することは諦めざるを得ませんでした。結局、公園内を散策するだけで終わった初デートでした。

それから数えて60年後、あなたが亡くなってから丸一年になろうという2024年4月

10日、父の故郷である奥州平泉の中尊寺展が上野の国立博物館で催されていると知り、あなたと初デートした懐かしい上野公園に足を延ばしてみました。

しかし、入場しようと待ち並んでいる人数のあまりの多さに驚き、長時間待って入場して観覧することはまた断念するに至ってしまいました。上野公園には沢山の外国人観光客の姿が見られ、また目に入る同公園の景観や雰囲気はあなたと初デートした当時とは大きく変わってしまっておりました。ただ、昔とは趣が大きく変貌してはいましたが、あなたと初めて待ち合わせをした上野駅の公園口は今も存在してくれていました。良かったと思いました。

なお、1966年当時に使用しておりました小さな手帳を開きますと、あなたとデートしたその全日付と待ち合わせ場所をきちんと記録してありました。それによると、1964年4月26日の初回から結婚式の少し前の1965年12月3日の最終回までのデート回数は全部で120回でした。その几帳面な記録には大変な懐かしさを覚えました。何故なら、結婚式までに100回はデートをしたいとあなたに言っていた記憶があるからです。実際は100回どころではなく、それを20回も上回っていました。

そして、遂に1966年12月25日の日曜日のクリスマスの日にあなたと結婚式を挙げたのですが、自分は当初、3月にしようと言っておりました。しかし、あなたは公立幼稚園に勤務しているという理由で、3月は卒園式、また4月は入園式があるから駄目、それより12月の冬休みに入ってからが良いと強く言われ、そう決めたのでした。また、この結婚式の時に次のようなことがありました。それは、牧師さんから「それでは、これから結婚指輪の交換に移ります」と言われた時、「指輪はありません」と答えたことですが、当時は、指輪を購入するだけの余裕がありませんでした。それに、あなたも特に指輪にこだわる姿勢は見せませんでした。それどころか、「私は指輪で縛られていないから自由でいいわね」などと冗談を言って笑い飛ばしてくれたことは大助かりでした。その年の4月に私は社会人になったばかりでしたから、金銭的な余裕はあまりない頃のことです。ちなみに、先程の手帳を開いてみますと、次のようなことが書いてありました。

目標　①4月1日より完全禁煙のこと。
　　　　②全てを12月のために結集すること。
内容　食事代（昼食費等）1000円
　　　　散髪代（3回／2ヶ月）500円
　　　　予備費（社内交際費共）1000円
　　　　デート費用　2000円

残額のうち　月5000円貯金のこと　8ヶ月×5000円＝4万円
ボーナス2回　10万円　計14万円

暮れも押し迫った、しかもクリスマス当日の日曜日に結婚式と披露宴を挙げましたが、来賓、知人友人、親族関係併せて40名程の方々にご出席いただき、激励を含めて沢山のお祝いのお言葉をいただくことができて、大変に思い出に残る一日となりました。翌日には、羽田空港から北海道への新婚旅行に出発しましたが、あなたの友だちのひとりがわざわざ羽田空港まで見送りに来てくれましたが、その人は、あなたが亡くなった後、「これから、ますます寂しくなりますよ」と私に助言して下さった、数年前にご主人を亡くされた女性です。

北海道では、最近では海外からのスキー客に人気があって超有名になったニセコスキー場でスキーを楽しみました。ニセコは当時、確か比羅夫《ひらふ》と言われていたと記憶していますが、現地では民宿のような旅館に泊まり、スキー靴の踵《かかと》がパカパカと上がるカンダハー式のスキー板の雪面に滑り止めのスキーシールをつけて雪が降る中を山スキーに行きました。途中、同じようなスキー板を履いて非常な速さで私たちを追い抜いて行く郵便配達の人や高地での訓練が終わって下山してくる北海道大学の山岳部の学生たちなどと出会ったことが懐かしく思い出されますが、当時はスキーヤーの数があまり多くなかったあの比羅夫、現在のニセコスキー場にオーストラリアから大勢のスキーヤーが訪れるようになり、彼らのためにコンドミニアムが沢山建てられたそうで、私たちが新婚旅行に行った当時とは驚くばかりの様変わりです。

この北海道への新婚旅行では、あなたと昔から親しくしていました女性が室蘭市内に住んでおられ、ご自宅を訪ねて歓談することもできました。また大晦日には、北の端の稚内の最果ての岬まで足を延ばして野生のアザラシの群れを見るなど、非常に思い出の多い新婚旅行でした。

ところが、実はこの新婚旅行の写真が一枚もないのです。原因は列車が遅れたために慌てて降りた時、私がその列車の中にカメラを置き忘れるという大失敗を仕出かしてしまったことでした。降りた後、少ししてからそのことに気がついて届け出をしたのですが、それまでに色々撮った写真入りのカメラは遂に戻りませんでした。しかし、そうした私の大失敗、大不手際のことをあなたはいつまでも厳しく責め立てることは決してしませんでした。新婚旅行が終わって帰宅後には、あなたは現地で入手したパンフレットや絵葉書を上手に利用し、新婚旅行の記念アルバムを上手に編集制作してくれたのでした。ただただ頭が下がる思いでした。

スキーと絵画について

新婚旅行中の楽しみのひとつはスキーでしたが、私がスキーを楽しめるようになった出発点はあなたと出逢ったことでした。自分は房総半島の東京湾側の温暖な地で生まれ育ったため、海岸から程近い場所の砂斜面を孟宗竹で作った竹スキーで滑り降りるだけのサンドスキーは経験したことがありますが、白い雪上を滑走する本当のスキーを行った経験は全くありませんでした。そんな自分とは違い、あなたは東京の生まれ育ちであるにもかかわらず、既に何度も本当のスキーを経験していて、しかもスキーが大好きでした。そうしたあなたと出逢ったからには絶対にスキーができなくてはいけないと思い、とにかくスキーをできるようになろうと決めました。

そして、冬のある日、新宿駅出発の夜行列車に乗り込み、生まれて初めてのスキーのために信州の八方尾根スキー場へと向かいました。目的地の八方尾根スキー場では、第一ケルンの直下にある、確か黒菱小屋という宿泊所に宿泊しましたが、八方尾根スキー場に決めた理由は、同じ学生寮に住んでいた友人の寮生に、「大阪に住んでいる知り合いのスキーが得意な友達が八方尾根に行くと聞いている。八方尾根へ行って、彼からスキーを教わったら良いと思う。その旨、彼に話しておくよ」という話があったからだと記憶していますが、今となってははっきりとはしていません。いずれにしても、とにかく実際に現地に行ったのです。そして、確かに大阪から見えたという女性を含む3〜4名のグループの人たちとは会えたのですが、東京からスキーの上手い人が来ると聞き、これは良いと思って来たという、自分が理解していた話とは全く正反対の話をその人たちから聞かされたのでした。いずれにしても、上りは麓の細野からゴンドラに乗って行くことができましたが、下りはゴンドラに乗ってというわけにはいきません。そこで、大阪からやって来られたその人たちにお願いし、斜滑降とキックターンのやり方だけについては何とか教わることができたのでした。

ところでスキーについてですが、私は小さい時から陸上競技の短距離や跳躍類が大得意で、運動神経には相当自信がありましたから、スキーなどは簡単だと軽く考えていました。しかし、実際にやってみますとそう簡単ではないことがすぐに分かりました。それだけに一生懸命にスキーを練習しました。また実際に経験する場数を重ねていけばいくほど、自然と上手くスキーを滑れるようになり、いつしかそのスキーが自分の大好きなことのひとつであると堂々と他の人にも公言できるようになりました。

初めて八方尾根スキー場に行った時は、こうして、スキーについては全くの素人でしたが、先ず斜滑降とキックターンを覚えて何とか下まで滑り終えることができるようになった時のことは、今も懐かしい思い出として記憶にはっきりと残っています。そして、31通のあなた宛ての手紙の中にその時のことを綴った手紙があります。それは1965年3月14日付の次の手紙です。

十日、夜行列車にて新宿発。十一日、黒菱ヒュッテに到着。天気良好。素晴らしい眺望である。前夜、全然寝ておらず疲れているが、第一ケルンまでスキーを担いで上がる。風が強く非常に寒い。だが、美しい。遠く浅間山の煙も見える。結局、滑れないから、又担いで下る。

夜から雪が降り始める。十二日、斜滑降を練習。最後に無鉄砲振りを発揮して直滑降。止めようとしてもスピードが出過ぎて止まらず、自ら転んでどうにか止まる。十三日、すごい吹雪。だが滑る。転ぶと起き上がるのにひと苦労。十四日朝、黒菱ヒュッテを発つ。中途から晴れ上がる。リュックを背に何度も転びながら八方山荘近くに到着。すぐに帰るのは物足りないのでリュックだけゴンドラで送り、アルペンリフトに乗って上まで行き、以後ずっと滑り降りる。直滑降も交ぜて。

全く無茶なことなのかも知れぬ。とにかく麓近くまで、スキーの調子がおかしくなるまで。およそ二時間もかかって。そして今、細野にて休んでいる。怪我は脛の打撲傷のみ。上出来か。

これが八方尾根スキー場での体験記ですが、それにしても初めて選んだスキー場が八方尾根という難コース、しかも覚えたばかりのキックターンを多用し、斜滑降を繰り返して何とか麓まで滑り降りたわけでしたから、今にして考えますと大変無茶なことでしたが、こんなことができたのも若かったからだと思います。

スキーを始めたのは、あなたと知り合ったからですが、あなたは当時、すでに存分にスキーを楽しんでおりましたから、スキーができなくては相手にしてもらえないと感じたことがスキーを始めた最大の理由でした。そして翌年の12月25日、結婚にゴールインした私たちが選んだ新婚旅行先は北海道で、目的地のひとつがニセコでしたが、美しい雪景色を見ながらスキーを滑らせる楽しさ・醍醐味は格別で最高の旅行となりました。スキーを始めた頃はスキー操作が下手糞でしたから、思い通りにスキーを止めることもできず、リフトに乗ろうとしている人々の行列の中に飛び込んでしまい、辛うじて無事にスキーが止まり、運良く他人を傷つけることもなく、また自分自身が怪我をすることもなくて済みました。その後は、スキーに行く回数が増えるごとにスキーが上手くなっていき、楽しさが大いに増していきました。

そして、こうしたスキーの行き先も国内だけにとどまらず、年末年始休暇を利用して海外へスキー旅行に行くことにもなりました。初めての海外スキーの旅行先はスイス国境に近いフランスのラ・プラーニュという新しくできたばかりの国設スキー場でしたが、そのスキー場は標高１４００〜３０００メートルの高度差のあるスリバチ型に広がったスキー場で、全部で60のゲレンデがあり、沢山のスキーリフトで繋がっていました。当時の日本にはまだ成田空港はありませんでしたから、出発は羽田空港からの南回りの航路でした。乗る飛行機はスカンジナビア航空の真っ白で細長い大変美しく感じる機体でした。羽田を発ってからは、途中でマニラ、バンコク、カラチ、テヘラン、アテネ、ローマの各空港に着陸して給油を行った末にようやくスイスのチューリッヒ空港に到着しました。そしてチューリッヒ空港でスイス航空に乗り換えて45分後にジュネーブ空港に着陸して、そこでようやく飛行機による長時間の移動が終了しましたが、それから更に3時間半ほどバスに乗って揺られた末にようやく最終目的地のスキー場のあるラ・プラーニュに着きました。羽田空港を出発してからラ・プラーニュに到達するまでの総時間は28時間でした。

現地の宿泊先のホテルはゲレンデの中にあり、室内では自炊も可能であり、すぐ近くにテレメトロというゴンドラ乗り場があり、実に便利なホテルでした。ホテルの外観はひと目観ればすぐに分かる独特なデザインをしていましたが、入口と出口は別になっていて非常に分かり難く、それに慣れるまでには少し時間がかかりました。こうしたことは初めての経験でしたが、これもフランスならではの独特な思考方式なのだろうと思った記憶があります。

スキー場には腰掛け式の便利なTバーリフトが沢山あり、それを使って上の高い方まで上っては広大な斜面を斜滑降で存分に楽しんで滑り降りることができました。また山の向こうの麓にあるレストランまで行く一日掛かりのスキーツアーも楽しみましたが、そのレストランではワインから始まるフランス料理を味わい、帰途はワインですっかり火照った頰を冷気に当てて冷やしながらリフトに乗って山を越え、そしてすっかりほろ酔い気分で心地良くなって長い斜面をゆっくり滑り降りましたが、こうしたスキーツアーの素晴らしさ・楽しさは今でも思い出すような懐かしい初めての海外スキー旅行の思い出となりました。

これ以来、スキーが本当に大好きな趣味のひとつとなり、毎冬、必ずスキーを大いに楽しむようになりました。一人だけで行ったスキー場は、八方尾根と飯山スキー場だけで、新婚旅行の時のニセコスキー場を始めとして、苗場、野沢温泉、石打丸山、妙高高原、湯沢、白樺高原、菅平、湯ノ丸など、国内の各スキー場へあなたと一緒によく行きました。また、国内だけでなく年末年始の休み期間を利用して海外へスキー旅行に出かけましたが、国内でのスキーとは味わいの異なるスキーの楽しさを味わいました。そして、海外へのスキーとしては、フランスのラ・プラーニュの後、スイスのサン・モリッツ、同じくスイスのグリンデルバルト、また1986年12月26年に成田空港を出発して一週間後の1月3日に帰国した北米のカナディアン・ロッキーへのスキー旅など合計4回行きましたが、どのスキー旅も非常に楽しいものでした。繰り返しになりますが、もしスキーをせず、スキーができなかったならばこうした旅を楽しみ、味わうことは全くできなかったわけですから、あなたと出逢ったことがこうしたことの全てを可能にしてくれたのでした。

そして、あなたと出逢ったことが機縁となって、私の人生に新しく授けられたものはこのスキーだけではありませんでした。スキー以外にも、絵の世界が新しくまた授かったのでした。小学校5年生の時以来、ずっと長い間に亘って絵を描くことに非常に消極的、ある意味では絵を描くことを拒絶してきた私でしたが、それから20年余りの年月が経った31歳の時に人生で初めて油絵を描き、それを機会に今度は逆に絵を描くことに無我夢中になったという人生の大逆転が起きましたのも、あなたが授けてくれた機縁でした。

小学校5年生の時に何が起きたのか、その時、私はある大変に悔しい出来事を体験しました。その悔しかった出来事の内容は省略しますが、それ以来、私の心の中には、「絵の世界なんていうのはとても信じられない。こんな世界からはできるだけ遠ざかるようにしなければ。これからは進んで絵を描くなどということは絶対なしにしよう」という強い思い、固い気持ちが根付き続けて、自ら進んで積極的に絵を描くことは絶対にしない状態が続いていました。しかし、実は小学生の頃、自分が一番好きで得意だったのは絵を描くことと体育でした。それなのに、その絵を描くことを自ら遠ざけてから20年余り後、あなたのお陰でその大好きだった絵に没入する世界を自分の中へ取り戻すことができたのでした。

そのきっかけは、あなたが小学生の頃の恩師だった女の先生が教職を辞められた後、東京・池袋の画廊で絵の個展を開催されたことでした。確か土曜日のことだったと思います。その池袋の個展会場へと、当時住んでいた埼玉・春日部の武里団地からあなたと一緒に伺ったことが機縁となって絵に夢中になることになったのでした。会場に展示されている沢山の、サイズも色々ある風景画や静物画を観賞した後、あなたと一緒に作者ご本人とお会いしてお話を色々伺いました。すると、「一度、我が家へいらっしゃい」とお招きの言葉をいただいたのでした。そして数日後、先生の練馬のご自宅をあなたと一緒にお訪ねしたのでした。実は前々から、あなたの恩師の先生のご主人は本職の画家であると耳にしておりましたが、初めてお訪ねしたその日、そのご主人の画家がお話しして下さる内容は、自分が慣れ親しみ、どっぷり浸かっているサラリーマンの仕事関係の話とは全くの大違いで、非常に面白く興味深々の内容でした。そこでその後も度々あなたと一緒にお訪ねしておりましたある日、「一度、油絵を描いてみないか」と、その画家から突然に言われたのでした。躊躇しないですぐにそうしますとお答えし、もう次にお訪ねした時には画材店で買い揃えた画材道具一式を持参してお訪ねしたのでした。そして、その日、あなたと並んで早速にＦ６号のキャンバスにその画家が机上にセットして下さった静物をモチーフにして油絵を描いたのでした。これが人生で初めて経験した油絵を描いた瞬間でした。その時、私は31歳でした。

そしてそれ以来、絵の世界に全く無我夢中に没頭するようになり、しまいにはゴーギャンさながらにサラリーマンなどは辞めて絵描きになろうかと夢想する程、絵の世界と自分を切り離せないほどになりました。その結果は海外旅行の内容にもすぐに表れ、スキー旅行とは別途の絵画鑑賞に出掛ける海外旅行が新たに加わるようになりました。具体的には、オランダ、ベルギー、オーストリア、フランス、イタリア、スペイン等の西欧諸国の美術館を訪ね、その美術館が所蔵して展示している多くの本物の有名絵画を実際に観る海外旅行をするようになったのでした。

振り返ってみますと、あなたが自動車の運転免許証を取得しようと自動車教習所に通っていると知ったことで、いつか自動車をプレゼントしてあげようなどと考えて自動車会社へ入社するようになり、あなたが大好きなスキーを自分も一緒に楽しめるようになりたいと思ってスキーをするようになり、そしてまた、20年もの間、無理矢理遠ざかってきた絵の世界へと、元々は絵を描くことが大好きだったということも手伝ったとしましても31歳の時から熱心に絵を描くことに没頭するようになりました。それまでは、読む本と言えば全て仕事関係、ビジネス関係オンリーの本ばかりでしたが、それからは有名画家の伝記本や絵についてのさまざまな本を幅広く買い求めては熟読するように変わりましたから、あなたが私に与えた影響は非常に大きいものでした。

そして、絵を描くのは私だけでなく、あなたも一緒に絵を描くようになりましたから、共に東京・上野の都美術館で開催される公募展に作品を出品し、入選して会員になりました。1998年には私が東京・新宿の画廊で人生初の個展を開催しましたが、2016年には東京・銀座の画廊で「ライフ・イズ・アート展」という二人展を開催するまでになりました。

なお、絵の世界を知ったことが転居先を決める際に影響を与えたこともありました。結婚した当初、私たちの住まいは東京・品川区大井7丁目のお風呂無しの月額賃料1万2000円の賃貸アパートでしたが、その1年4ヶ月後には埼玉・春日部市の武里団地へと移転しました。油絵を始めたのはその武里団地に住んでおりました時でした。環境も良くて住み易かったのですが、あなたが東京・中央区の幼稚園から新宿区の幼稚園へと転勤することになり、武里団地よりも通勤し易いところへ転居することに決めました。そんな時でした。東京・調布市国領町に建設中のマンションを薦められ、現地へ行きますと、そのマンションは大通りから少し入りますが、その入り口際に画材店があることが眼に入りました。抽選に外れることなく、それまで8年間住み慣れた埼玉・春日部市武里団地から東京・調布市国領町のそのマンションへと転居したのですが、そこへ住もうと決心したのは、出入り口の角に画材店があることが決め手となったのでした。また、その画材店の2階では調布市に住んでおられる高名な画家の方が指導されている絵画教室も開催されていましたので、転居後、私はあなたと一緒にすぐにその絵画教室を受講したのでした。

なお、あなたとの出逢いを通して生まれたスキーと絵画という二つの新しい世界が組み合わさって生まれた体験のことも綴っておきたいと思います。その体験とは、1978年の年末から1979年の初めにかけてスイスのサン・モリッツへのスキー旅行に参加した時のことです。

このスキー旅行は、現在の「クラブメッド」、当時の日本では「地中海クラブ」と呼んでいた会社が主催したものでした。お客の圧倒的多数はフランス人、次がドイツの人たちで、日本人は私たち二人の他に10名の合計12人だけでした。出来事は、現地のホテルでのある夕食時のことです。私たち日本人が連れ立ってレストランに行きますと、殆どのテーブルはすでに多くのお客で満席でした。そこで見渡してみますと少し空き席が目に入りましたので、そのテーブルに近付きますと、テーブル席に座っていましたひとりの老婦人が「ノン・ノン」と私たちに向かって大声を荒げて拒絶する素振りを見せました。すると、その老婦人の連れ合いと思われる男性が立ち上がって私たちに謝りますので、その男性に「どこから来られたのですか」と英語で訊きますと、「エクス・アン・プロバンスです」という返事が返ってきました。エクス・アン・プロバンスと言えば、それは私の大好きな画家のポール・セザンヌの故郷ですから、すぐに「エクス・アン・プロバンスと言いますと、あの大画家のセザンヌの故郷ですね」と言いますと、男性は驚いたような表情を浮かべながら、先ほどの老婦人に向かってすぐに「この人はセザンヌを知っているよ」と伝えました。するとです。老婦人の態度が忽ち一変し、私たちに対して、「早く座りなさい」と席に着くよう盛んに促すのでした。

これも、31歳の時に油絵を始め、それ以来素人ではありますが絵と夢中に取り組んでセザンヌのことについても色々と知識を深めてきましたことが間違いなく役立ったのでした。この1978年のサン・モリッツへのスキー旅行の時の体験から27年後の2005年の秋、ゴッホ所縁のアルルやサン・レミの精神病院、セザンヌの故郷のエクス・アン・プロバンスのアトリエと写生地、さらにはルノワールのアトリエとシャガールの美術館とマチスの美術館などを実際に訪ねる南仏旅行にあなたと共に参加しましたが、あなたと出逢ったことで、スキー、そして絵画という新しい世界が加わり、私の人生は味わい深い素晴らしいものになりました。それは全てあなたと出逢って生まれたものでした。私があなたに感謝したい気持ちでいっぱいなのは極めて当然です。

忘れ得ぬ信州の思い出の日々

私たちが結婚して住んだところは次の6地域です。

①東京・品川区大井町　〜　1966年12月から1年3ヶ月
②埼玉・春日部市武里　〜　1968年4月から8年
③東京・調布市国領町　〜　1976年4月から8年
④神奈川・川崎市多摩区　〜　1984年4月から17年1ヶ月
⑤長野・東御市北御牧　〜　2001年4月から7年
⑥神奈川・藤沢市石川　〜　2008年4月から今に至るまで

このうち、五つは首都圏ですが、2001年から2008年まで7年間は首都圏でない、遠く離れたところの長野県、私の好きな呼び方で言うと信州に住みました。この信州とは、1981年9月、小諸市の西隣、上田市東隣の現在の東御市の一部地域になっている千曲川南側沿いの標高700～800メートルの高地にある当時の北佐久郡北御牧村の御牧高原別荘地と呼ばれた土地の一区画を購入したことが始まりでした。

その頃、村内の道路の数は少なく、しかも未舗装でした。近くに高速道路はなく、信号もありませんでした。村役場や中学校の建物は古いままで今とは大違いでしたが、JR信越本線が健在でした。当時は朝鮮人参の栽培が盛んで、村内のあちこちに屋根付きの朝鮮人参畑があり、独特な風景を創っていました。東には佐久や小諸から見る場合とは全く雰囲気の異なる、雄大でありながらどことなくやさしい感じの浅間山が見えました。その風景をひとたび眼にした時、牧歌的で素朴であって且つ雄大な風情にすっかり魅せられました。また、秋の紅葉の景色は普通の観光地にはなかなかない、どこかしみじみとした風情の雰囲気がありました。冬入り前の自然の美しさは特に心に染みるものがあり、11月の勤労感謝の日の頃の風景は非常に美しく、いかにも日本的な晩秋らしい風情を感じ、味わったものです。

人口は5000名足らずの小さな村でしたが、そこには美しい風景と温かな人情味がありました。その頃、まだ車の運転技量が未熟だった私がハンドル操作を誤って側溝に落輪した時、偶々近くを通りがかったお爺さんが寄って来られて「どうした？」と声掛けをして下さり、一緒に車を持ち上げてくれたこともありました。

信州のその北御牧村とは、東京の教職員宛てに頒布された「信州の御牧高原別荘地売り出し」という案内パンフレットの内容にあなたが興味を覚え、あなたからその話を聞いた私が、「とにかく百聞は一見に如かずである」と言って、あなたと一緒に現地に足を延ばしたことが馴れ初めでした。それは確か、１９８１年の9月の土曜日のことだったと思います。信州の自然や風景の素晴らしさについては、二人ともそれまでに信州にスキーに行ってよく分かっておりましたし、あなたはまた、上田市出身の幼稚園教諭の知り合いの女性に「長野は本当にいいところですよ」とよく言われていたこともありました。そうして二人で信越線の列車に乗って現地まで足を延ばした結果、大いに気に入り、平坦な土地ではないのですが、傾斜した土地１７０坪をその日に購入する契約をしたのでした。帰りの列車の中で、「これからどうする?」とあなたに訊かれた時、「せっかくだから家を建てることにしよう」と私は答えたと記憶しています。それから、しばらくした後、軽井沢にありましたある建築会社を直接お訪ねし、その会社に建築をお願いしました。そして、翌年の１９８２年2月7日には上棟が済んで、4月30日には建物面積20坪の建物が完成したのでした。

私たちが当時住んでいたのは東京・調布市国領町でしたので、そこから毎月一度か二度、週末の休みに遠路はるばる北御牧まで通いました。信州との関わり、繋がりはそのようなものでした。当時、私は運転免許証は保有しておりましたが、実際にはペーパードライバー状態でしたので、自宅から近いところにあります自動車教習場に通いました。また、中古自動車一台を購入し、車を運転して北御牧へと通う準備を懸命に整えたものです。

通い始めの当初はまだ、中央高速道路の山梨県の一部が未開通でした。確か10月の体育の日のことだったと思いますが、朝8時に北御牧を出発して調布に着いたのは、もう夜の10時を過ぎていたということもありました。その後しばらくして中央高速道も全面開通しましたから、調布ＩＣで高速道に乗り、それから須玉まで走ってそこで中央道を降りて、清里、野辺山、小海、八千穂等の高原地帯を抜けて佐久市に入り、そこから望月トンネルを経て北御牧まで行くという片道3時間程のルートをよく使いました。また、関越高速道が全面開通してからは調布を出発後に都内環状7号線に入り、練馬ＩＣで高速道に乗って藤岡ＩＣで高速道を降り、それから下仁田を経て望月トンネルを抜け、コスモス街道を通って佐久市に入るというルートも利用できるようになりました。どちらのルートも3時間程要しましたが、苦にすることも無く通いました。当時自分はまだ若かったからだろうと思います。

こうして北御牧に通い続けるうちに知り合いも増え、自然が豊富な美しい田園風景を味わいますと、心が豊かになる感じがしました。村には溜池が沢山あり、東に浅間山、南に蓼科山、西に北アルプスの山々を観ることができましたが、夏、村立百周年記念のためにＮＨＫの朝のラジオ体操が中学校傍の村営グラウンドで催された時は驚く程大勢の人が参加しました。また、８月14日夜には「みまきドカンコ」という花火大会がありましたが、この時には非常に大勢の人が訪れ、夜空を見上げる私たちの頭上に次々と炸裂して美しく開く花火の凄さには本当に驚きました。

そんな北御牧の景色と風情に魅せられ、私は大いに絵を描きました。イーゼルを屋外に立てて浅間山の風景を20号のキャンバスに向かって初めて描いた時は、その風景のあまりの雄大さに圧倒され、我が身が吹き飛ばされてしまうような感覚を味わいました。その時に味わった感覚は今でもありありと覚えています。また、11月の勤労感謝の日、大工池という名前の池の畔にイーゼルを立て、対岸の大きな樹が真っ赤に紅葉している風景を描いていますと、思わず涙が滲んでくるほどの感動を覚えました。

そうした素晴らしい信州で、実はあなたと二人、九死に一生を得たと言える体験をしたことがありました。それは１９８２年に北御牧へ通い始めた翌年の１９８３年12月31日の大晦日のことでした。その日、白樺湖近くにあります白樺国際スキー場でスキーを楽しんだ帰り道のことです。あなたはアイススケートを滑ることも大好きでスケート靴も持参していました。せっかくだからとスキーを終えた帰り道、すぐ近くの女神湖に立ち寄り、あなたはその凍結している湖上のスケート場で久し振りにスケートをして大喜びでしたが、そのすぐ後に事故が起きました。天候は晴れ、午後3時半を少し回っていた頃でしたが、女神湖畔の駐車場を出発して下り坂の本線に戻り、運転しながら助手席のあなたとスキーやスケートのことについて談笑し始めた時でした。スピードが急に増して車のお尻が左右に振られ、ハンドル操作がままならなくなりました。路面が凍結していたためでしたが、次の瞬間、車は道の左端に立てられていた道路標識板を弾き飛ばし、勢いよく路肩の外に飛び出しました。その瞬間、脳裏に「万事、窮す。これでお終いか」という思いが浮かびましたが、幸運にも無事でした。路肩を越えて飛び出した車は3〜4メートル乃至4〜5メートル斜めに走り込み、道路からは1〜2メートル低いところで車の後部を少し斜めにして宙ぶらりん状態で止まりました。前方を見ると、新旧2本の電信柱の2本ずつの合計4本の支柱線が車のボンネットの前と左右を実にバランス良くしっかりと支えてくれていることが分かりました。落ちた瞬間、大声で助手席のあなたに「大丈夫か？」と言いますと、あなたが「大丈夫よ！」とすぐにはっきりした声で応えてくれたのでした。それを耳にした時の何とも言えない嬉しさとあなたの声は今も脳裏にはっきりと残っています。それはもう奇跡と言う他にはあり得ない出来事でした。もしあの時、奇跡が起きていなければ、あなたの人生も私の人生もそこで終わってしまっていたわけで、二人はその後の世には生きていなかった筈です。ですから、それ以後のあなたと私の二人の人生は神様からいただいた特別な人生だったに違いありません。

そして、あの時、途方に暮れておりました私たちに色々と親切に気遣ってお世話をして助けて下さったのは、女児と男児のふたりの小さなお子様を乗せて私たちのすぐ後ろを走っておられました佐久市の方でした。その後、感謝と御礼のため、あなたと一緒にその方のご自宅をお訪ねした時、その小さな娘さんと息子さんから、子どもらしさに溢れた可愛いお手紙をいただきました。また、奥様からは、「佐藤様も運が良いですが、それだけ立派な方だと思います。お父さんも良いことをしました。これで安心して年が越せます」と書かれているありがたい手紙をいただきました。

九死に一生の命拾いをした大晦日の2日後、1月2日の穏やかな正月晴れの下で生きている喜びを噛み締めながら戸外にイーゼルを立て、浅間山を望む北御牧の土地の風景を一気呵成に油絵に描き上げました。そのキャンバスの裏には、

人の情けを　深く心に　感謝。

と記し、更に、Jan. 2. 1984 と続けましたが、本当に思い出深い、一枚の記念すべき風

景画となりました。そして、信州から東京の自宅に帰宅してから、早速厄落としをしようとあなたと一緒に調布市の深大寺に行きましたが、護摩札には、三千円、五千円、一万円の種類があり、値段が高いほどサイズも大きいということを知り、「大きいのと小さいのでは、厄落としの効き目も違うらしいよ」と私があなたに冗談口を叩いたことを覚えています。但し、実際に選んだ護摩札はどれだったのかは全く覚えていませんが、読経が終わって正座の姿勢を崩して立ち上がろうとした時、あなたは平気でしたが、私は脚がしびれて、立ち上がるのに大変苦労したことは覚えています。なお、今も、自宅の居間の片隅の壁にF6号の油絵で描いた「43歳の自画像」と題名を付した黒い髪の毛がふさふさしている自画像が掛かっていますが、これはあなたもよく目にしていました事故からしばらくした後に描いた自画像です。

こうして、首都圏の自宅からあなたと一緒に信州まで通い続けた期間は、1982年から2001年までの19年間に及びました。初めの2年間は東京の調布市から、そして残りの17年間は私自身の転職のために転居した神奈川の多摩区からでした。神奈川の多摩区から信州へ通うためには多摩川を渡ることが必要で、道路が混みますと調布から行く場合より1時間は余計に時間がかかりましたが、あまり気にすることなく元気に通い続けました。

そして、遂に信州へと通う必要がなくなる時が来ました。それは、山小屋のある傾斜地とは別の、平坦な土地２区画を入手してそこに永住用の二階建てのアメリカンハウスを建てたからです。これまで保有していた傾斜地の区画とそこに建てた家は欲しいと言う方がおられて売却できましたが、その平坦な土地についてのお話が管理会社からありました時は、将来あるいは、その平坦な土地にあなたの好きな陶芸窯を設置できるかも知れないなどと考えて購入を決めたのでした。しかし、実際はそこには陶芸窯を設置することはできないと言われたのですが、その平坦な土地を購入してから間もない時のことです。その区画の敷地には背が高く育った赤松の樹が沢山生えていましたが、周辺の松林に松くい虫被害が発生し、それが広がらないようにするために松の木を伐採することに同意して欲しいとの要請が管理会社からあり、即同意して伐採していただくことにしました。それがまた次のステップの始まりでした。

毎年夏のお盆の季節は道路が大混雑、大渋滞しますので、その季節に信州へ行く時は巻き込まれないようお盆より少し早めに行き、お盆が始まる前には信州から帰ることにしていました。そして、いつもと同じようにお盆が始まる前に帰ろうとして、途中で新しく購入した区画の松の木の伐採状況を見ておこうとあなたと一緒に立ち寄ってみたところ、伐採はすっかり終了していて、土地はスケスケになっていました。そこで、中に立ち入ってみますと、そのスケスケ状態になった敷地の上には大空が広がっていました。頭上いっぱいに大きく広がっているその青空を眼にした瞬間、私が「ここに住むことにしよう」と言うと、あなたもすぐに同意しました。そして、翌年の2001年4月初めには、二階建ての外壁が朱色のアメリカンハウスが出来上がり、その4月下旬には移住してその土地の新住民になりました。もちろん住民票も移しました。これまで住んでいた神奈川県多摩区のマンションの住居も移転に併せて売却することができましたことは本当に幸いでした。

こうして、信州での新しい生活が始まりましたが、住み始めて22日目に薪ストーヴの煙突の先から室内にシジュウカラが落ちてきました。また、煙突の中でカサコソと音がするので不審に思ってストーヴの蓋を開けたところ、シジュウカラが飛び出してきました。そのシジュウカラは室内中を飛び回って窓にぶつかっていましたが、やがて、開けた窓から室外に逃げて行きました。外を見ますと、つがいの相手らしい別のシジュウカラが一匹、近くの樹の梢の上に止まって鳴いていて、そのシジュウカラと一緒に連れ立って飛んで行きました。そして、それから10日後の32日目には、今度はひと回り小さなヒガラがストーヴの中に同じように落ちました。ヒガラの場合は窓にぶつかって元気をなくしてしまいましたので、そっと両手に包んで室外に行って掌を開けると、その2秒か3秒後にそれまでじっとつぶったままだった眼をぱっちり開けて飛び立って行きました。

また、こうしたシジュウカラやヒガラとは別に、27日目の朝には、まだ整地が手つかずの状態だった我が家の庭先の草むらにニホンカモシカが悠然と出現しました。一瞬、馬でも現れたかと思いましたが、よく見ると馬とは違って体の割に顔が小さく、前に聞いていたことのあるニホンカモシカだとわかりました。ニホンカモシカは、見つめている私とあなたを眺めるようにその顔を向けていましたが、やがてゆっくりと歩き始め、私たちの視界から姿を消しました。自分たちの家の庭先にニホンカモシカが姿を現すなどとは全く想像もしていなかったので本当に驚きましたが、それは夢でも幻でもない正真正銘の本当の出来事でした。そして30日目には、今度は庭先に狐の子どもが一匹現れました。「あっ、狐！　狐！」というあなたの叫び声に、新聞を見ていた私が庭の方に眼を向けますと、まさしくそこに〝狐〟色をした一匹の小さな狐がいました。子狐はこちらにチラッと眼を向けると、すぐにやや早い足取りで庭を横切って姿を消しましたが、小柄で尾も小さい、間違いなく子狐でした。後になって恐らくは親狐から離れてひとり立ちしたばかりの子狐であったと気が付き、子狐が背負っている、厳しい自然条件の中でこれから生きていかなければならないという運命のことを思い、どうしてその時、「頑張れ」とひと声かけてあげなかったのかと反省もしました。

こうして、あなたと私が移り住んだ自然いっぱいの信州には非常に捨てがたい多くの魅力がありましたが、２００８年の春4月下旬、自分たちの先々の老後のことを考え、断腸の思いで、再び首都圏に戻ることにしました。信州に住みました7年間には非常に沢山の素晴らしい経験・体験をすることができましたが、それは、私たちの人生に限りなく多くの大切な思い出となりました。信州の、その北御牧の地を去る時、あなたと共に感謝を込めて「長野よ、信州よ、さようなら」と叫んだことを今も思い出します。

信州は、とにかく自然が豊富であり、しかも美しく、空気や水の美味しさは格別です。夜空を見上げますと満天の星で、頭の上いっぱいに星々が煌めく様子には驚くばかりでした。その素晴らしさは表現のしようがありません。朝、東の空が白み始めますと、木々の合間から真っ赤な太陽が姿を現してゆっくりと昇り出します。その日の出を見ておりますと、思わず自然に太陽に向かって合掌したい気持ちになりました。

広い庭の片隅に小さな畑を作り、あなたと一緒に胡瓜やトマトや茄子やピーマンや春菊を栽培し、時には西瓜も育てました。そして、収穫時期になりますと、全てを一斉に収穫する有様となり、困惑しながらも同時に大喜びでした。採れ過ぎた野菜は箱に詰めて宅配便で東京や神奈川に住んでいる知人に送りましたが、粘土質の土壌で育った採れ立ての野菜は美味しく大変喜ばれました。また、9月の中秋の名月の頃には庭先のまだ穂が開いていないススキを刈り取り、長芋用の細長い空き箱に入れて都会の友人に送ったりもしました。

冬はさすがに寒く、灯油の消費量も馬鹿になりませんが、薪ストーヴを活用して暖を取りました。夜のうちに雪が降り、朝、眼が覚めると辺り一面真っ白の雪景色の美しさは格別です。周囲のその雪景色をデジカメで撮り、また家の前の道路の雪掻き作業に勤しみます。スキー場までは家から車で40分もあれば十分ですから、引っ越してから買い換えた四輪駆動の軽自動車の後部座席を倒して作った荷台にスキー道具一式を積み込んで日帰りのスキーに出掛けます。現地に到着してから、ストックを忘れたことに気が付いてトンボ帰りをしたことなどもありました。

広々とした大地にイーゼルを立て、そこに10号、20号、30号といったサイズのキャンバスを置いて山々の景色を一気呵成に油絵で描くこともよくしましたが、それは、眼に見える山の姿をただただ写実的に写すのではなく、対象物と向かい合って心の中で対話を繰り返しながら感じた印象をキャンバスに描きあげることでした。そして、絵を描きながら自分自身を見つめ、自分はどのような人間であるのかを考えるために大変に役に立ったのではないかと思っています。

わくわくキッズ活動

信州で体験・経験したことの思い出は、話し尽くせないほど沢山あり、人生に実に豊かな彩りを与えてくれましたが、あなたは無償の地域講師・リーダーとして、子どもたちの創造性や自発性あるいは感性の育成のために現地の芸術むら公園にある絵画館や8月下旬に芸術むら公園で開催されるスケッチ大会の会場で、さらには北御牧の小学校内で積極的に奉仕しましたが、補佐役として同行した私の眼から見ても、その指導の内容は大変すぐれたものであったと思います。

絵画館や芸術むら公園で行った活動には「わくわくキッズ」「わくわくキッズクラブ」というタイトルを付けましたが、例えば、絵画館で行った幼稚園児から小学生低学年の子どもたちを対象に親子共同参加形式で開催しました全4回の美術講座の「わくわくキッズクラブ」では、ローラーを使った絵画制作、発泡スチロールを版板にした版画制作、本物の粘土で造形、仮焼き後色付けして焼成するお雛様づくり、色流しのマーブリングなどを行いました。また、スケッチ大会当日に共催した「わくわくキッズクラブ」活動では、

〝たからものを作ろう〟を合言葉に、参加者はさまざまな不用品や廃物を利用する活動をしましたが、多くの斬新な考えやユニークなアイデアや発想による実に素晴らしい色々な作品が創り出され、参加した多くの子どもも大人も大満足でした。その当日の活動の様子や創り出された数々の作品は、当日撮った写真を大きなパネルに貼って絵画館内の壁面に展示し、大勢の来館者に楽しんで観ていただきました。

また、北御牧小学校では、何度か地域講師として奉仕をしましたが、4月下旬に神奈川県藤沢市に移転する3ヶ月前の2008年1月下旬に2年生の2クラス合計38名に版画作成の指導を行いました。それが同校での最後の奉仕活動でしたが、私たちが藤沢市に引っ越した直後、その子どもたちからの手紙が私たちのもとへ送られてきました。その手紙には次のような言葉が書かれていました。

版画は楽しかった。
こうすればいいとおしえてくれてありがとう。
もういっしょに版画や図工ができないのがさみしい。
これでおわかれですがまたあいたい。
さとうさんのことはわすれません。

またあそびに来て下さい。

そこで、私たちは連名で、その子どもたちに対して、

3年生への進級、おめでとうございます。お手紙をくれてありがとう。

みんなからもらった手紙を大事な宝物として大切にします。

今度、神奈川県の藤沢市へ引っ越しました。

スキーが好きで長野県へ来ましたが、今度は海に近い方です。

お正月に行われる箱根駅伝も見物できそうです。

テレビで、箱根駅伝の様子が放送されたら、先生のことをちょっぴりでも良いですから思い出して下さい。

みんなそろって友だちと仲良くして3年生になって下さい。

お元気で。さようなら。


と綴った文章と私たち二人のスキー姿の写真を付けた手紙を送りました。また、同時に色々と気遣いをしてくださった担任の二人の男性先生にも感謝の手紙を作成して送りまし

た。その先生たちとの事前の打ち合わせ資料、指導当日の子どもたちの姿が写っている写真、子どもたちからの手紙、私たちからの子どもたちへの手紙、両先生への手紙の写しはファイルに大切に収めてありますが、全てがあなたのお蔭で生まれた思い出のお宝資料です。この子どもたちも今は全員がすでに立派な大人に成人している年齢ですが、小学校2年生だった子ども時代の彼等からいただいた手紙は、本当に価値あるお宝であると思います。

あなたは、こうした子どもたちの創造性、自発性、感性を育成する指導を行うと同時に「ようこそ絵画館へ」というタイトルを付した小冊子用の原稿を作成しました。出来上がったその絵画館の小冊子の現物が手元にありますが、その表紙をめくると、初めの頁に記されている次の文面が眼に入ります。

子どもは遊びの天才です。
子どもは可能性をいっぱい持っています。
大人は子どもから学ぶことが沢山あります。

心に浮かんだことをおもいつくままにまとめてみました。

ひとつでも　お役に立つことがありましたら幸いです。

そして次の頁以降には、子どもとどのように対応し、接すると良いのかが具体的に述べられていますので、この冊子に記されていることは子どもを持つ親たちに大変参考になっているのではないでしょうか。

しゅふ、そして夢見るアーチスト

1998年6月に東京の新宿の画廊で初個展を行いましたが、その際、展示絵画作品とは別に、「55歳のデビュー」とタイトルを付したB5サイズ、65頁あまりの全15篇随想文の小冊子を添えました。各随想のタイトルは次の通りですが、最終篇が「私のワイフ」でした。

＊55歳のデビュー　＊描くということ　＊一枚の風景画　＊旅の絵手紙
＊一度だけで良い、あなたに見せたい絵がある　＊ひとりだけでも注目すればいい
＊画家と陶芸家　＊自画像を描く　＊青春のラブレター　＊自分捜し
＊心の絆だけが残った　＊独立するということ　＊山頭火のこと　＊親父の遺言
＊私のワイフ

ちなみに、「あなたに見せたい絵がある」は、信州の上田市郊外の「無言館」に収蔵されている戦没画学生の遺作品をあなたと一緒に観ようとして訪れ、眼にしたものについて綴ったものですが、この「あなたに」のあなたは不特定多数の多くの人たちのことです。

そして、最終15篇の「私のワイフ」とは勿論あなたのことですが、冒頭に、

私のワイフは、〝しゅふ〟である。その証拠に、牛乳パックで作った彼女の手作りの名刺には、そう書いてある。これを見て、ある女性がワイフに聞いた。

「しゅふってどういうお仕事？」

答えて曰く、「私は、漢字になれない主婦です」

この意味、おわかりいただけるだろうか。

という文章を綴ったところ、このあなたの名刺の平仮名の「しゅふ」は大いに話題になったようですが、あなたは決して漢字の主婦の仕事ができない女性ではありません。私には、主婦の仕事以上に幼稚園の教師の仕事に熱心だと思うあまりに主婦としては半人前として、平仮名の「しゅふ」であるとあなたが謙遜していたということがよく分かります。

あなたは、幼稚園の教師になる前の数年間、丸の内にあるある大手企業の販売部門のOLでした。あなたから聞かされた話では、会社の中では時に「坊や」と呼ばれたり、またある時には上司から「君が男だったら、福岡販売店は君で十分なのに、残念だね」と言われたりしたということでした。体を動かすことが大好きで、冬はいつも顔が真っ黒。東京

生まれなのに、スキーが大好き。冬の浅間山でスキーをしたこともあるということでした。北アルプスの穂高で、「我が青春に悔いなし」と叫んで涙を流したそうですが、素晴らしいことだと思います。平地の観光旅行はあまり好きではなく、それよりも、おにぎりを持って野山を歩くことやハイキングをすることの方が好きなタイプの女性です。

父親が小学校の校長、母親も元小学校の教師、兄も高校の教師という家庭環境に影響されたのかどうかは分かりませんが、「蛙の子は蛙」ということであなたも結局、教師になりました。幼稚園の教師になりたての頃は、研究保育で東京の子どもたちに真っ赤に紅葉した葉っぱを見せたいと思い、ひとりで日光まで採集に行ったほどでした。研究保育の当日、その紅葉した葉を見た子どもたちは眼を輝かせて、「先生、その葉っぱは本物？」と言って飛びついてきたということでしたが、指導目的を達成するためにはすぐに行動に移すのがあなたでした。

それにしても、あなたのような性格はどのようにして育まれたのかと考えた私は次のようなことではなかったかと推測しています。あなたは、男４人、女４人の８人きょうだいの長女として生まれましたが、男兄弟の一番上の長兄はあなたの一歳上でした。その長兄は旧東京教育大学、今の筑波大学に入学して卒後後は高校の教師になりましたが、あなたは大学には行きませんでした。本当はあなたも高校卒業後は大学へ進学しようと考えていた筈ですが、大学へは行きませんでした。

聞けば、ちょうどその頃、父親が病気になって休職を余儀なくされたようです。その時、あなたの下には3人の弟、3人の妹という6人の弟妹が控えていましたから、あなたの性格からすれば、長男に続けて自分も大学進学することは到底すべきではないと考えたと思います。そして、既に就職シーズンは終わりに差し掛かっていましたが、運良く父親の知り合いの、そのまた知り合いの方からの紹介を得て、就職先が決まったのでした。そして、その数年後に資格を取得して幼児教育の世界に転職したわけですが、その幼稚園教師の仕事も定年前に結局は私の都合で辞めることになりましたが、生まれ変わってもまた教師になりたいというのがあなたでした。

幼稚園の教師をしていた時のあなたは、まさに24時間勤務体制のようで、いつでも子どもたちのことや教育のことが頭から離れることは全くなく、幼児教育にかける情熱には凄いものがありました。休日に一緒に旅行に行った時も、いつも教育課程の資料や謄写版を携えていましたが、民間企業のサラリーマンだった私には、教師という職業は本当に大変なものであると感じたものです。私はわがままで頑固ですが、もしもあなたがそうした私と出逢って結婚していなかったならば、あなたの人生は恐らく、苦労も少ないもっと穏やかなものになっていたに違いないと思いますが、どう考えても、あなたには「主婦」も

「おばさん」も似合わないと思います。

また、あなたの名刺には「夢見るアーチスト」という肩書も記されていますが、これは、絵や陶芸やお花や美しい自然や景色などを愛して已まないあなたらしい、あなたに相応しい肩書であると思います。子どもたちの自発性や創造性や感性を育成することは、純粋で温かい心の持ち主であり、夢見るアーチストであるあなたに全く相応しい仕事であったと思います。

愛鳥リリのこと

現在、独り生活の我が家には何冊もの写真アルバム以外にあなたと出逢ってから結婚するまでの間の色々な資料が存在しています。そのひとつに「リリ日記」というノートと写真集があります。これは、平成2年、即ち1990年6月17日に信州の小諸市のバード・ショップで、生後2週間ばかりのセキセイインコのヒナ鳥を1500円で購入して大いに可愛がった愛鳥についての記録資料です。あなたと私が二人して大変に可愛がったセキセイインコでしたが、3年半後の1993年12月26日に亡くなり、その翌日の27日に小動物を慰霊するお寺の延命地蔵尊で火葬・納骨を行いました。

小諸のバード・ショップで購入した時、お店の方からはオスだと言われたのですが、実際はメスでした。リリという名前を付けたこのセキセイインコは、その証拠に購入して9ヶ月後の1991年3月24日に2個の卵を産んだのです。そして、それからも七十数回にわたって卵を産み続けたのでした。卵は全て無精卵でしたが、鳥籠の外に出しますと、リリは時に私のシャツの中に襟口から入り、私のお腹の上に卵を産んでしまうこともありました。リリはこうして何度も卵を産み過ぎたためでしょうか、2年目に入ってから見るからに元気でなくなることが多くなりました。特に気圧が低くなると影響があるようで、その時になるとリリの元気がなくなるように思われ、都度、鳥籠に入っているリリをそのまま動物病院に運んで医師に診療していただきました。また時には遠く離れた東京・田園調布の動物病院まで運び、湾岸戦争の時に現地に派遣されたとテレビが伝えていました同病院の医師のお世話になったこともあります。結局、リリは私の掌の中で3年半の短い生涯を終えましたが、「リリ日記」を開くと、そこには私が手書きした次の文章が記されています。

愛称リリ　美人の我が家のペットのセキセイインコ
平成5年12月26日　日曜日　午後9時5分
キュッとひと声鳴き、首をのけぞらせ、体を硬直させて死す。
3歳7ヶ月の小さな命だった。本当によく頑張りました。

また、この「リリ日記」には、あなたが自分の気持ちを率直に綴った便箋紙が折り込まれていますが、そこにはこう書かれています。

とうとう私の手を離れて大空に飛び立って行ってしまいました。3年7ヶ月の長いようで短かったリリの一生でした。長野県小諸の小鳥屋さんで、他のひな鳥から離れてダルマインコの体をつっついていた小鳥でした。一緒に案内してくれた小学校の先生に「元気がいいからあの鳥にしたら」と言われて求めたお気に入りの小鳥。黒目の大きな美人の小鳥。名前のリリも、佐藤の会社のやさしい女性からもらってつけました。刺し餌をなかなか食べてくれず困ったこともありましたが、初めて羽を広げて低空飛行をしてくれた時の喜びは今も忘れられません。食事中に傍へ来て食物をほしがり、与えて腸にカビを生やしてしまった失敗。9ヶ月で初産の卵が肛門に引っかかり、血液と白い卵が見えた時の驚きと不安。電話を友人にかけながら卵が出せた時の喜びなど、数え切れない経験をさせてくれました。病鳥になって4ヶ月余り、リリも一生懸命努力して生きようと、吐いては食べ、食べては吐いての一挙一動が気になり、神経質になってしまった私でしたが、先生から、時折、ご指導や言葉かけをしていただき、救われる思いでした。本当にありがとうございました。

昨年の12月26日午後9時5分、キューとひと声出し、手の平の中で逝くまで3時間10分、さすったりなでたりしてあげられたことがせめてもの慰めになりました。朝起きたら死んでいたでは、いつまでも悔いていたことでしょう。翌日、火葬してもらい、今では我が家の小さな骨つぼに入り、私達二人を見守っていてくれることと思います。一羽のセキセイインコがこんなに偉大であるとは夢にも思いませんでした。いい経験をしました。佐藤は、一緒の部屋で4ヶ月過ごし、そして死して初めて自分の言葉が出来上がったと言って、一片の紙を見せてくれました。そこには次の言葉が書かれていました。

人生の目的は
人生を深く生きることである
喜びが人生を大きくし
悲しみが人生を深くする

この「リリ日記」には、あなたのリリに対する想いに溢れた気持ちが素直に書かれています。その文章を読むと、あなたらしいやさしさと純粋さが感じられ、大変嬉しくなりますが、同時に非常に懐かしく感じます。

喪主にはなりたくありません

信州に住んでいた時、地域おこしのシンポジウムが行われ、私はシンポジストの一人に選ばれてステージのシンポジストの席に座りました。いつのことだったかと調べてみますと、それは2003年の11月22日の土曜日のことでした。

シンポジウムが始まって少し時間が経過した時、それまでステージの上に立ってシンポジウムの進行を行っていた話し方が実に上手な司会者が客席に降り立ち、会場内の満員の客席の人に向かって、「これからの人生で何を望みますか?」と問いかけました。その時、降り立った司会者のすぐ前の席には偶然にもあなたが座っていて、あなたと眼が合った司会者はすぐに「これからの人生で何を望みますか」とあなたに訊ねたのでした。するとすぐあなたは、「喪主にはなりたくありません」とはっきりした声で答えました。それを聞いた会場内の大勢の女性観客から即座に「賛成!」という声が上がってそれに続いて大きな拍手が鳴り響きました。

多くの女性たちがあなたの返答に共感共鳴したのは、男性が先に逝き、女性が遺されることが極めて普通のことで、喪主となるのは決まったように後に遺された女性配偶者で、しっかりと後のお世話をすることが習わしであるかのように受け取られ、考えられているしきたりめいたことに疑問を持っている女性が多いことの表れだったと思いますが、「喪主にはなりたくありません」とあなたが答えた理由は、それとは状況が違う次のようなことがあったからに違いないと推測します。

あなたのお父さんは1988年に亡くなり、その1年後の1989年にお母さんが亡くなりましたが、お父さんが亡くなってからのお母さんの様子は、時々そのお世話をするべくお母さんのもとへ行ったあなたにはよく分かったと思います。私の父親は1995年に亡くなり、それから6年後の2001年に母親が亡くなりましたが、いずれの場合も先に男の方が逝き、遺されるのは女性の方で、遺された女性の姿を見ていますと、遺された配偶者がいかに悲しく寂しい想いをして過ごさなければならないかがよく分かります。あなたには遺された人のその様子が脳裏に深く刻まれていたと思います。喪主にはなりたくないと答えた理由について、あなたが詳しく話すことはありませんでしたが、私には、次のような出来事を体験し、その時に心中深く感じたことが喪主には絶対になりたくないというあなたの気持ちを強めることになったと思います。それは、私があなたに大変な心配と迷惑を掛けた手術入院のことだったと思います。

私がサラリーマンを辞め、自営コンサルタント業を開業してから3年経った時の1997年のことです。健康診断で右肺に異変を指摘され、再検査の結果、医師から右肺に腺癌があり、即入院が必要であると言われて入院して手術を受けることになりました。あなたによりますと、私に腺癌ありとの診断を下した医師はその検査を終えた後、待っていたあなたに「手術をしても余命は3年です」と明言したということでした。医師からそのような宣告を告げられ、あなたは大変に悲嘆にくれたに違いありません。その話を帰り道にあなたから聞いた時、私はあなたの苦しみ、悩みのことに少しも頭が行かず、「わかった。自分にはまだやりたいことがある。1年では短すぎるが、3年あれば大丈夫だ」などと大変に能天気な調子で応じましたが、実に情けない始末でした。

結局、7月に右上肺の3分の1程を手術して切除したのですが、手術をした担当医師は切り取った患部の病片をあれこれ理由をつけて私にもあなたにも決して見せようとはしませんでした。結果的に、右肺に腺癌ありという見立ては全くの誤診だったことが判明したのでしたが、あなたは、相手が先に逝き、後に自分が遺されることになるかも知れない可能性を医師に言われるという経験を味わったのですから、実際はそうはならなかったとしても、自分が後にひとり遺されて喪主になるようなことは絶対にあって欲しくないとあなたが思うようになったのは当然でした。それだからこそ、2003年11月22日のシンポジウムの時、司会者の問いかけに対して「喪主にはなりたくありません」とあなたが応答したことは当然だったとつくづく感じます。

信州へ移転したのはその4年後のことでしたが、ある日、佐久市の男性が右肺に悪性腫瘍があると診断されて右肺を切除した後、実際には悪性腫瘍ではなかったことが判明し、その間違った診断と処置についての告訴の準備を進めているとの記事を『信濃毎日新聞』の記事で読み、私の場合もそれと同じであると分かりました。「どうする？」とあなたから訊かれましたが、私はそれに対して「切ってしまったものは元には戻せないから何もしないよ」と答え、何もしないで済ませました。

腺癌との診断は肺嚢胞を見間違えた結果だと思いますが、その後、唄を歌った時など、上肺を切除して肺嚢胞がなくなったお蔭で、どうやら手術前と比べて声が良くなったことは明らかで幸いでした。また、病室に毎日やって来た若い医師に「切り取った肺は元には戻りません」と言われましたが、その後、胸部のレントゲン検査の写真を見ますと、右肺は元通りの大きさになっていますから若い医師の言葉は見当違いでした。

この入院した時のことは入院した時に綴った「入院日記」に記しました。少し長くなりますが、あなたのことについても記してありますので、次に載せます。実に懐かしい日記です。

1997年7月7日

今日は七夕。恭子とタクシーで入院。病室の窓からは玉川の橋が、往き来する車の姿がよく見える。外は暑かったが、風が強く吹いている。大空の雲が少しずつ動いて行く。恭子と、車で来てくれたタカのふたりを車が見えなくなるまで見送る。助手席の窓からいつまでも振られる恭子の手が見えた。病室に戻り、タカの持って来てくれたミニ・コンポで音楽を聴く。雲の動いて行く姿を見ていると何故か涙が滲む。恭子が、今までいかに自分をわがままにしてくれたか、本当にそうしてくれたのだとよくわかる。わかった。意固地を張ることなく素直にありがとうと言いたい。流れていく雲をじっと見ていると、今、ここに自分がこうしていることが夢幻のような、少し信じられないような気がする。でも、事実なのだ。これは初めて外国の地面に降り立って初めての滞在をした時に、果たしてこれは嘘ではないだろうかとふと感じたあの時、あの頃のおもむきに似ている。

1997年7月8日

この病院の中で、実に多くの人が働いている。各々が各々の役割を持って。これが組織というもの。世の中は、このように自分ひとりではなく、多くの人が組み合わさって成立している。自分ひとりでは生きられないことを実感する。大切なのは、ガツガツすることではなく、健康と全ての生きとし生けるものへの思いやりと家族愛だ。

夕方6時、虞のNight NoiseのCDを流しながら外を見やる。あと一時間もすれば暮れることだろう。雲の量が空に大きくなって、風はまだ強く吹いている。その強い風に吹かれながら、窓の外の木はしっかりと立っている。一木一草、一鳥一虫、人も含めて全ての命あるものに限りなき愛を！

1977年7月9日

入院して今日で3日目。不思議なもので二日に一度頭髪を洗わずにいられなかった自分が、この病院での生活スタイルに自然と適合していく。もっとも汗をかいたといって寝巻を取り替え、今日には洗たくを考えるような相変わらずの自分ではあるが。

今朝は昨日までのような強い風が吹いていない。窓の外の植え込みの木の揺らぎの様子でそのことがわかる。初めて病室の開き窓をあける。手術というものは説明を受け、想像すればするほど大変なもののようだ。果たして、自分だけだったら手術を潔く受ける勇気が湧くだろうか。恭子が側にいてくれるからこそ、手術を受けようという気になれるようだ。気を強くしなければ。

昼食後、CDから流れる曲を聴きながら空を眺める。曲も美しいし、空が美しい。夕方のブルーの空に大きないくつもの雲。それぞれが色も形もちがって美しい美だ。この大空の、地球という星の、この地で、私は今、病室にいる。それにしても、夕方の空模様は美しい。

1997年7月10日

昨夜は何度も夢を見た。本当に久しぶりのこと。3時少し前に眼が覚めたらカーテンがしっかりとフルに閉められていたから、もしかしたら巡回の看護婦さんが、イビキの大きさに気をつかってそうしてくれたのかも。

朝、ブラインドをおろすと外は曇り。青空が見えない曇天は入院してから初めて。風はほとんどなかった。今、少し植え込みの木が揺れ出した。

1997年7月11日

今日で5日目。検査は昨日で全て終わった。窓の外の植え込みの中に小さな、小さな花がいくつも咲いたのを見つけた。昨日までは咲いていなかった筈。雨が降り、花も開いた。それはささやかなものだが、得も言われぬ発見の感動である。

今朝は雨が降っている。気温もそう暑くなく、しのぎやすい。病院でのゆったりした時の流れにいくらか慣れたようだ。時の流れに身を任せ……、心のうちに闘志を秘めてじっくりと静かにしよう。奇跡を起こすものは人間の夢とやさしさと勇気だと言う。

窓の外で眼に入る鳥。雀、カラス、ムクドリ、ツバメ、ひよどり、鳩。それに今日の夕方は、コウモリがツバメといっしょに乱舞する姿が見えた。雨の日はツバメ。風の強い日はカラス。

1997年7月12日

大雨。12時半より先生からの説明あり。長兄夫妻、藤本さん、恭子立会い。16日㈬9時手術室へ。9時半、手術開始。3〜4時間で終了　術後は現病室へ。運良く転移はなさそう。医師を信じて、あとは気力を高めるだけ。今日は、虞とも話ができた。

1997年7月14日

昨日は、午後3時半頃、我が家へ一時帰宅のため病院を出る。道路が混んで、家に着いたのは5時半頃。久し振りにビールを少々飲む。夕食は手巻き寿司。夜12時近くまで100号の「無言館」を描き直す。開始は9時を少しまわった頃から。以前より少しは良くなった。

今日は久し振りに車を運転。銀行などへ。昨日から合計3回頭髪を洗った。こういうこともしばらくなし。いよいよ明日一日が手術前の残された日。明日は自画像を一枚描こう。

1997年7月15日

今日は手術前日。明日の手術の前に体と心のありようを全て整える日である。5歳の頃、警察署長のジープの下に。(ここまで書いたところで採血あり) 26～27歳の頃、夏の炎天下のソフトボール試合の後、貧血でホーム下に転落。そして厄年の時、車が坂道を外れて谷へ！ これまで3度の命拾い。そしてこれで4度目？ もし人間ドックを1月に受けていなければ、そして発見されていなければ。

夕方6時、じきに術前最後の食事。9時には睡眠薬を飲んで就寝するから、起きている時間はあと3時間あまり。明日、眼が覚めると別の世界、新しい体験の世界へと入る。7月16日は再生の誕生日か？

1997年7月16日

いよいよ手術の日だ。天気は良さそう。時間は5時40分。昔、少年だった頃、夏休みがやって来て、うれしい夏休みの初日の朝のような、そんな雰囲気を持つ今朝の外の風景。

昨夜は恭子が近くのホテルに泊まったが、古いオバケの出そうなホテルだったというから、よく眠れたのかどうか。毎日、家と病院の間を往復してくれる恭子の大変さ。ありがとうと感謝する他はない。付き添いが病に倒れるようなことになってはならないから、それが少し気懸かり。早く回復しなければ。

今日はまた朝早くからやって来て、私のわがままを聞いてくれる。80号の描きかけのキャンバスが待っているのに。ただ感謝す。

1997年7月24日

本当に久しぶりに文字を書く。手術が16日。昨日、体に入っていたクダも抜けた。点滴の影響で、右手指先はまだしびれている。昨日クダが抜けて、その時の恭子の全身の表情に表れた格別なうれしさ。本当に喜んでいることがよくわかった。ありがとう。ありがとう。

こんな時は、そう滅多にある訳はない。確かに天が、眼に見えぬ何か大きなものがじっといつも見ていてくれて再生の機会を与えてくれたようだ。思えば人間ドック。恭子が女神のようにまた私を救ってくれた。生命の大切さを思う。生命は本当に大切なものだ。自分ひとりで生きている訳ではなく、実はどんなに片意地やクソ意地を張っても、自分は多くのひとさまによって助けられ、生かしていただいているのだ。生命は自分ひとりのものでもないし、この世に生を享けた時から、いつか果てるまで天が支配しているのだ。人生は自分だけのものでなく、生きている限り、触れ合う多くの人のために誠意をもって、またその協力に感謝しながら、おひとりおひとりのかけがえのない人生と生命をいたわり、大切にしていく。この人間の住む世界の中で人々が織りなす悲喜こもごもの出来事と、それでいてお互いにお互いを尊重し合いながら生き、そしていつか生命を終わるドラマ。それは素晴らしい。人間万歳！　人生万歳！　多くの人々に恵みあれ！

結局、1997年7月6日に入院、16日に手術、それから10日後には無事退院したのでしたが、それは私が55歳の誕生日を迎えるふた月前の出来事でした。手術をした7月16日を私は「再生の日」「再生記念日」と名付けました。翌年の1998年6月、東京は新宿の紀伊国屋書店前の画廊で凡そ40点ほど自作の絵画作品を展示する初個展を開催し、その3年後の2001年4月下旬に信州の北御牧に移住したのですが、あなたと共に過ごした信州の思い出は決して忘れることはありません。

あなたに捧げる詩

そして、あなたが亡くなり、これ以上は無いという寂しさを感じて毎日あなたが傍にいない、ひとりだけの日々を送る中で、あなたのことを想ってあなたに捧げるふたつの詩を作りました。

ひとつは、《誕生日に贈る》という題名の詩です。この詩は、あなたが亡くなった日から3ヶ月半後に訪れたあなたの誕生日に作りました。

そしてもうひとつは、《亡き妻に捧げる》という題名の詩です。この詩は、あなたが亡くなってから1年13日後に作りました。

どちらも、あなたを追慕する気持ちと思い出を綴り、友人知人に送信・郵送しましたが、『つれづれノート』にも掲載しましたが、ここに載せて改めて読誦してみようと思います。

《誕生日に贈る》

2023年8月3日

誕生日　おめでとう
今日　八月三日は
君が亡くなってから　初めての　君の誕生日です
亡くなってから　百十一日目の誕生日です
去年の誕生日には
一緒に靴屋さんに行き
君が選んだ新しい靴二足を
君の誕生祝いの贈り物としました

帰宅すると　君は
繰り返し試し履きをして
その新しい靴の感触を味わい　喜びました
そして翌日から
楽しそうに　新しい靴を履いて歩きました

でも　履いたのは　一足だけで
もう一足は　履かないまま　今も残っています
その残った一足も
きっと君に履いて欲しかったと思います

君の人生の記念日は
今までの二つから　三つになりました
八月三日の誕生日と
十二月二十五日の結婚記念日に
もうひとつ
四月十四日の君の命日が加わりました

今日　この詩を作りました
そして　この詩を
今年の君の誕生祝いに贈ります
どうか　笑顔で

この詩を受け取って下さい

君の全ての　表情　言葉　動きが
忘れられない数々の　懐かしい思い出と共に
私の心の中に　しっかりと生きています
私が生きている限り
君は亡くなってはいません
私の心の中に　ずっと生き続けます
誕生日おめでとう　そしてありがとう

２０２４年４月27日

《亡き妻に捧げる》

私をひとり遺して
君は旅立ってしまったけど
いつも明るい夢を描かせてくれた
優しさがいっぱいの女性《ひと》だった

交わる人のことを思いやり
その人の気持ちを大切にして
いつも安らかな気持ちにしてくれた
微笑みに溢れた女性《ひと》だった

趣味を心の底から慈しみ
愉しく誠実に生きて
いつも多くの人から愛された
心の健やかな女性《ひと》だった

懐かしい思い出を沢山遺して
君は旅立ってしまったけど
今ここに　感謝を込めて
君への深い祈りを捧げます

私が生きている限り

君は永遠に愛され
沢山の懐かしい思い出と共に
ずっと私の心の中で生き続けます

結びに

あなたと共に歩んだ人生は、沢山の尽きない思い出の首飾りでいっぱいです。これまで綴ってきた文章はその思い出の首飾りのごく一部です。全ての思い出を完全に綴ろうとしても、私に残されている人生ではとても足りそうにありませんが、ひとりでも多くの人に一度切りの人生を幸せに生きる上で少しでもお役に立っていただければと願い、いつも優しく温かな心で多くの人を包んだあなたのこと、そしてまた、あなたと共に歩んで幸せだった私の人生体験をこの文章として記すことにしました。

初めてあなたと出逢った瞬間から、この人は絶対に私の人生の伴侶にするべき女性であるという運命を感じて行動に移したことは間違いなく正解でした。初めてあなたと出逢ったその時に私が感じた通り、あなたは本当に心が綺麗な、誰に対しても優しく温かい心を持つ女性でした。あなたと一緒に仕事をした人からは、必ず信頼され、慕われ、尊敬されました。また、若い時からの友人からも変わらずに親しまれ、信頼されました。

あなたはまた、実にナイーブな、感じ易い性格の持ち主でした。それはあなたの弟さんが北海道の大学に合格し、その入学式に参加しようと弟さんに同行した時のあなたの話にもよく表れています。入学式が終わって弟さんはそのまま北海道に残り、あなたは弟さんと別れて東京に帰る時のことですが、あなたは弟さんと別れた後、その哀しさのあまりに空港で止め処なく涙を流してしまいました。すると、涙を流して泣いているあなたを見て、近くにいた知らない高齢の男性が、「あなたは生まれ育った北海道を初めて離れて、これから東京に行くのかい？」とあなたに声を掛けてきたのでした。そこであなたは、北海道の大学に入学し、そのまま北海道に残る弟と今さっき別れてきたことを説明して分かっていただいたそうですが、この話の出来事にはいかにもあなたらしいところがよく表れていると思います。

思えば、あの１９６６年12月25日のクリスマスの日の結婚式の時のことですが、出席して下さった勤務先の自動車会社のＹ次長さんが来賓挨拶のスピーチであなたに向かい、「燃える石炭をダイヤモンドにしてあげて下さい」と言われたことを今でもはっきりと覚えています。自分は当時、仕事に人一倍熱心に取り組む姿勢では目立っていたでしょうが、それだけのことでは良い仕事をするには限界だったと思います。そうした自分のことをＹ次長はよく見通しておられて、私がもっと人間的に成長してくれるように、それからの私のことをあなたにお願いされたのだと思います。そして、今の私はあなたと共に人生を歩み続けて、単なる燃える石炭でない一人前のレベルの人間に成長できているのではないかと思います。今現在の私をY氏にお目に掛けることは、Y次長も故人となられていますので不可能ですが、あなたはY次長から託されたあの時の課題を立派に果たしました。

それにしましても、2018年3月2日の金曜日の朝、朝食を終わって食卓から離れようとした時に仰向けに転倒したことで、「腰椎の圧迫骨折」と「総胆管結石症」を併発し、37日間入院しました。この年にはさらに、「摂食障害」「胆石性急性胆嚢炎」で2回、合計19日間入院しました。翌2019年には、「心臓カテーテル検査」「胆嚢除去手術」「左冠動脈ステント挿入」「肺炎胸水貯留治療」で4回、合計35日間の入院でした。また翌々年の2020年には、「心臓カテーテル検査」「右冠動脈ステント挿入」で2回、合計7日間入院しましたが、それまで人一倍元気だったあなたにとって、このように何度も入院し、病院のベッドの上で多くの日数、時間を過ごすという出来事は間違いなく精神的になかなか納得できない大変な苦痛であったと思います。しかし、あなたはその自分の苦しい気持ちをあまり表に出さず、黙って辛抱と頑張りを貫きました。

信州に住んでいた頃に少し起伏のあるところを散歩していた時、一度失神したかのように歩き続けることができなくなったことがありましたが、地域のクリニックの医師から、「あなたには狭心症の疑いがあります。スキーをして骨折でもしたら、寝た切りになりますからスキーは止めなさい」と言われ、それまで大好きだったスキーを止めましたが、大好きなスキーを断念せざるを得なくなったことも信州を離れる一因となりました。

そして、2008年4月に信州から藤沢に引っ越した後に市民病院を受診しましたが、翌年の6月に色々な検査が行われた後の結論として医師から、「あなたは狭心症ではありません。閉塞性肥大型心筋症です。心臓に負担をかけるような運動や急ぎ足で歩くような動きは絶対にしてはいけません」と宣告されました。この「閉塞性肥大型心筋症」は比較的最近になって判明した難病のひとつで、それ以後、色々な処方薬を服用するようになりました。

それからしばらくして市民病院から指定された通り、地域の病院に転院して定期的に通院して健康管理には十分に留意してきたのですが、9年後の2018年3月の転倒をきっかけに入院と退院の繰り返しが始まりました。そして、2023年4月に亡くなるまでの5年間、あなたは本当に苦しまれた筈ですが、その苦しさを私に思い切りぶつけて気持ちを晴らすようなことは少しもしませんでした。しかも、後になって知ったのですが、2018年と2019年の私の誕生日には次のような言葉をメモノートに記していました。そのメモを後になって発見した時、あなたに対する感謝の気持ちで私の胸はいっぱいになりました。あなたの優しく温かい気持ちに本当に感謝します。

誕生日おめでとう。病気になって何日になったか分かりませんが、いつも食事・洗濯・掃除など多くのことを一生けんめいにがんばってくれてありがとうございます。感謝です。

こんなに立派に生活をしてくれて申しわけございません。

買い物に連れていってもらえず残念。

気をつかってくれたことに感謝しています。一緒になってよかったと思います。ありがとう……　一人ぼっちで淋しかったです。

これからもよろしく……

〜〜〜　2018年9月5日

誕生日おめでとうございます。何のプレゼントもなしでごめんなさい。

いつの日か、何かをと考えています。

病気になり、本当に申しわけございません。良くなることを祈っていますがどうなるかいまのところ分かりません。きっとよくなることを祈っています。

良くなるまでよろしくおねがいいたします。どこがどうなるかわからないのがいやですが、タツルさんがあきずにめんどうをみて下さいますこと感謝しています。又明日病院に行かなければなりませんが、よろしくお願いいたします。時間はおまかせしますのでよろしく……

どこがどうなのかわかりません。こんなことでいいのかしら……

でも　よろしくお願いいたします。タツルが私の夫でよかった……

あなたにとってめいわくかも知れませんが……

乱筆乱文で申しわけございません。これからもよろしくお願いいたします。

夕食は〝おそば〟よろしく。タツルで本当によかった。

明日の病院よろしく
タツル様へ　恭子より

〜〜〜　2019年9月5日

あなたが亡くなり、それからの日数が積み重なっていけばいく程、あなたという女性はいかに素晴らしい女性であったかを日々ますます身に染みて感じています。あなたの遺影の前と食卓の上にフレーム入りのあなたの複数の写真を置いていますが、その写真のあなたに毎日挨拶をしています。出掛ける時や帰宅した時には、必ず言葉掛けをしています。また、テレビなどを観ていて何か感じたことがありますと、その感じたことを言葉としてあなたに言っています。あなたの遺影の前には、お花が大好きだったあなたのことを偲んでいつも新鮮な生花を供えるように努めていますが、結婚前、あなたからよくいただいた昔懐かしい水栽培のヒヤシンスの花のことを思い出しています。

あなたと出逢い、あなたと共に過ごした私の人生は最高に幸せでした。そうした思い出の日々を懐かしみ、また、私が文章で綴ったあなたは、果たしてどのような雰囲気の女性であったのかを多くの人に写真を通しても理解していただこうと考え、私と一緒に写っている写真とあなたおひとりで写っている写真20枚を多くの写真の中からセレクトして次頁以降に載せてこの文章を閉じることにします。ありがとうございました。

結婚式のケーキカットの二人
1966年12月

友人も同行の京都旅行で
1966年８月

スペインのトレドで
1982年12月

パリのモンマルトルで
1978年12月

カナディアン・ロッキーで
1986年12月

山梨・旧一宮町の桃園で
1986年4月

初個展の新宿の画廊で
1998年6月

新潟の上越国際スキー場で
1994年1月

芸術むら公園の絵画館で
2005年２月

信州・菅平のスキー場で
2004年１月

志賀高原・木戸池畔で
2007年10月

中軽井沢で
2006年８月

藤沢の自宅で
2009年10月

三浦半島の荒崎海岸で
2008年10月

藤沢の自宅で
2012年12月

箱根の仙石原で
2009年10月

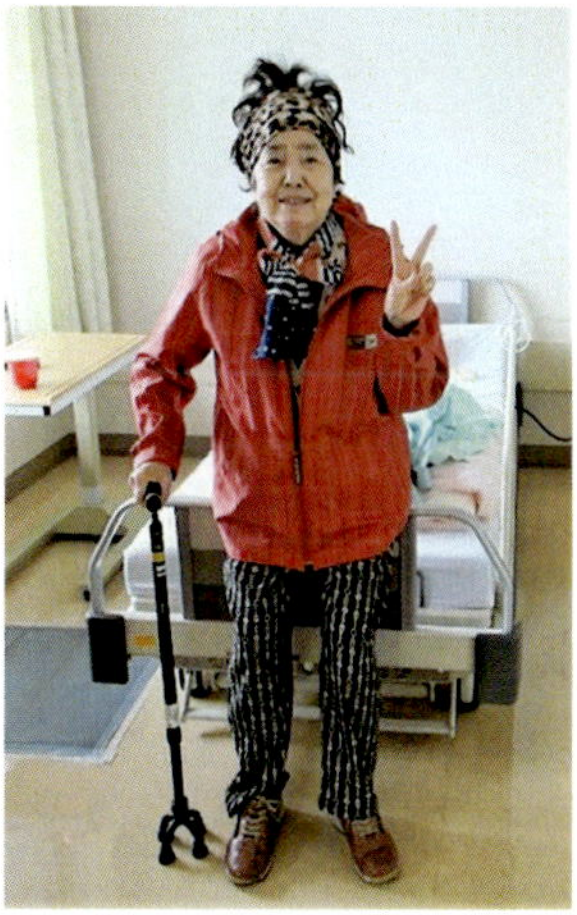

退院の日の朝に
2018年11月

二人展の銀座の画廊で
2016年４月

ウォーキングの木道で
2022年５月

ウォーキングの木道で
2020年２月

追　伸

あなたは「喪主にはなりたくない」という自分の願い通りに私をひとり遺して先に逝きましたが、もしあなたがひとり遺されるような結果になっていたらと想像しますと、私があなたをひとり遺して先に逝くことでなくて本当に良かったと思います。ひとり後に遺された時の辛さ、哀しさ、孤独な気持ちを味わうのは、あなたではなくて私が担うべき役割であると思います。

あなたに対する私の感謝の気持ちをこの『永久《とこしえ》のラヴ・レター』に綴りました。これを私の人生の最後の自著本とします。春夏秋冬に譬えれば、冬と言うべき八十路の年齢を既に過ぎた今、私の残りの人生にそう多くの歳月が残っているとは思えません。

そこで、私が最後に為すべきことは、あなたが入院した2018年3月以降、全く遠ざかってきました絵を久し振りに描くことです。絵筆をこの手に握り、先ずは追憶のあなたの面影を絵に描こうと思います。

果たして、あなたも気に入るようなあなたの絵が描けるかどうかはわかりませんが、首尾よく描けたら、あなたの遺影の傍に絶対に飾ろうと思っています。

あなたの誕生日をまぢかに控えた7月の猛暑の日に

敬具

佐藤　建（さとう　たつる）

1942年　千葉県の東京湾沿いの旧大貫町（現・富津市）に生まれる
1961年　千葉県立木更津高校を卒業し、一橋大学経済学部に入学する
1965年　同大学を卒業、日産自動車株式会社に入社する
1970年　同社を退社する。以後、日本企業、スイス系外資企業、アメリカ系外資企業に勤務し、人事労務関係の実務的知識技術を習得する
1994年　自営の人事関係コンサルタント業を開業する。併せて、1998年より英語による管理者研修プログラム並びに同研修プログラムのインストラクター養成の指導講師を兼務する
2017年　全ての業務から引退する

【海外渡航先】アメリカ、カナダ、フランス、スイス、オーストリア、ドイツ、オランダ、ベルギー、イタリア、スペイン、中国、フィリピン、タイ、ラオス、カンボジア、ネパール、バングラデシュ等
【出版著書】
①『雇用調整のなか人事部から好かれる人嫌われる人』1995年　産能大出版部
②『ビジョナリーライフをめざして』2001年　文芸社
③『ラヴ・レター青春の日々』2005年　新風舎
④『何処へ』2009年　東京図書出版
⑤『去り行く日々に』2013年　東京図書出版
⑥『つれづれ人生ノート』2020年　風詠社
【趣味・好きなこと】絵画、文芸、音楽、歴史研究
【行動指針・信念】時には、石橋を叩かず思い切って跳び越えよう
【セルフイメージ】永遠の未完成

永久《とこしえ》のラヴ・レター

2025年 1 月 5 日　初版第 1 刷発行

著　　者　佐藤　建
発 行 者　中 田 典 昭
発 行 所　東京図書出版
発行発売　株式会社 リフレ出版
〒112-0001　東京都文京区白山 5-4-1-2F
電話 (03)6772-7906　FAX 0120-41-8080
印　　刷　株式会社 ブレイン

ISBN978-4-86641-843-8 C0095
Printed in Japan 2025